AF458656

LES

CHANTS DE LA VALLÉE

REFRAINS ET SOUVENIRS D'ENFANCE,

PAR

E.-A. HAUDARD.

PARIS,

Mme BREAU, LIBRAIRE-ÉDITEUR,
144, RUE DU BAC, 144.

1854.

RECUEIL

DE

CHANSONS INÉDITES

PAR E.-A. HAUDARD.

BONNE AMIE.

AIR : *Bonne année.*

Bonne amie, bonne amie,
Cède à mon espoir, à mes vœux,
Et tous les jours de notre vie
Ne seront que des jours heureux.

Parcourons ensemble la plaine,
C'est le rendez-vous des amans,
Des zéphirs la douce haleine
Ne se respire bien qu'aux champs.
Bonne amie, etc.

Loin du monde qui nous obsède,
Employons de joyeux loisirs.
Qu'à l'amour la raison cède,
Sans ce dieu, non, point de plaisirs.
Bonne amie, etc.

O toi, qui règnes sur mon âme,
Sois ma seule divinité.
Viens, et qu'un baiser plein de flamme
Nous enivre de volupté.
Bonne amie, etc.

Lorsque la Parque meurtrière,
Viendra m'annoncer le trépas,
Que ta main ferme ma paupière
Car je veux mourir dans tes bras.
Bonne amie, bonne amie,
Cède à mon espoir, à mes vœux,
Et tous les jours de notre vie,
Ne seront que des jours heureux.

LE VIEUX FORBAN.

AIR *nouveau*.

Déchaînez-vous, précurseurs des tempêtes,
De votre souffle épouvantez les flots.
Jours de dangers sont pour moi jours de fêtes,
Les grands périls font les grands matelots.

Battu des vents, jouet de la tourmente,
Un vieux Pirate autrefois baleinier,
Bravait Neptune et la vague écumante.
Sur des rescifs, effroi du nautonnier.
La nue en feu qu'un large éclair déchire,
Semble s'unir aux flots tumultueux.
La foudre tonne au-dessus du navire,
Mais le patron est un marin fameux.
Déchaînez-vous, etc.

Sortez de l'antre où vous retient Éole,
De l'onde amère augmentez le courroux.
Un vieux forban sans voile, sans boussole,
Vient vous combattre et dédaigne vos coups.

Un cœur d'acier ne craint pas la menace.
De mon salut je suis peu soucieux,
Nouvel Ajax, avec autant d'audace,
Ainsi que lui je puis braver les cieux.
Déchaînez-vous, etc.

A peine a-t-il prononcé le blasphême,
Qu'un bruit étrange, un affreux sifflement,
Se fait entendre en cet instant suprême :
Le ciel s'unit au perfide élément;
La foudre part, et pilote et navire,
Tous deux frappés ont un même destin :
L'un s'engloutit, l'autre encor semblait dire
Quand on revit son cadavre un matin :

Déchaînez-vous, précurseurs des tempêtes,
De votre souffle épouvantez les flots,
Jours de dangers sont pour moi jours de fêtes,
Les grands périls font les grands matelots.

LA MORT D'HORTENSE.

Air *connu*.

Dis-moi, trompeur Hilaire,
Si pour avoir
Eu le malheur de plaire,
Sans le savoir.
Je dois, infortunée.
Dis-moi !
Rester abandonnée
De toi ?

Dis-moi si l'espérance
N'est qu'un vain mot
A ma vive souffrance,
Dis si bientôt
Tu viendras mettre un terme
Ou bien,
Dis, si ton cœur se ferme
Au mien !

Bouton qui vient d'éclore
Peut se flétrir.
A peine à mon aurore
Dois-je mourir !
Dois-je quitter, Hilaire,
Ce lieu ?
Dois-je dire à ma mère
Adieu !

Ah ! ton affreux silence
Me dit assez
Que les beaux jours d'Hortense
Sont tous passés.
Donne au moins à ma tombe
Des pleurs,
Car pour toi je succombe,
Je meurs.

TOUS LES HOMMES SONT FRÈRES.

AIR : *Coulez, bons vins. femmes, daignez sourire.*

Qu'importe le rang. la fortune,
Le pays, l'état, la couleur !
Qu'importe la peau blanche ou brune,
Si l'enveloppe couvre un cœur. (*bis.*)
Pourvu qu'il soit juste, probe, honnête homme,
Et qu'au malheur il veuille offrir la main,
Qu'il soit d'Oran, de Paris ou de Rome,
L'homme est un frère alors qu'il est humain.

De nos jours où tout n'est pas rose,
Sur ce globe on voit à la fois,
Le riche qui de tout dispose,
Le pauvre toujours aux abois. (*bis.*)
Mais dés qu'il vient apaiser la détresse
Du malheureux qui tend la main,
L'homme qui sait employer sa richesse,
N'est plus qu'un frère alors qu'il est humain.

A sa façon chacun critique
Tout ce qui se fait ici-bas.
L'un condamne la politique,
L'autre approuve ses résultats. (*bis.*)
Des désaveux, orgueilleuse Angleterre.
Pour nous venger, sur ton sol un matin,
Nous irons dire au lieu du cri de guerre,
L'homme est un frère alors qu'il est humain.

LA PARISIENNE BACHIQUE.

Air : *De la Parisienne.*

Joyeux et dignes camarades,
Vrais apôtres de la gaîté,
Par de copieuses rasades
On provoque la volupte.
On ne peut, sans vider bouteille,
Voir fleurir sa trogne vermeille.

Pour être contens
Et vivre longtemps,
Amis, buvons donc, sans perdre de temps.
Et nous ferons merveille (*bis*).

Bacchus soulage les misères
Qui nous assiégent ici-bas.
Bacchus fut le Dieu de nos pères.
Nous ne le désavouerons pas.
C'est une gloire sans pareille,
Que de savoir vider bouteille.
Pour être contens, etc.

Fi de ce minois pâle et blême,
Dont l'aspect nous peint la douleur.
C'est l'austérité du carême,
Qui fait accroître sa pâleur.
A ce buveur de jus d'oseille.
Donnons un soufflet sur l'oreille.
Pour être contens, etc.

Si loin du sol de la patrie
La gloire poussa nos soldats,
Si, dans les champs de l'Ibérie,
Ils ont affronté le trépas ;
C'est que l'honneur qui les conseille
N'exclut pas le jus de la treille.
Pour être contens, etc

N'est-ce pas un bonheur insigne
D'être né dans ce beau pays ?
Où le doux nectar de la vigne
Offre à nos yeux mille rubis ?
Si quelquefois l'amour sommeille,
N'est-ce pas Bacchus qui l'éveille ?
Pour être contens, etc.

MARIANA.

Sujet tiré du feuilleton du *Courrier Français* du 4 mars 1842.

Air : *Rappelez-moi, je reviendrai*.

Quel est l'ange aux cheveux d'ébène,
Au doux sourire, au teint vermeil,
Qu'au rivage l'amour amène,
Lorsque disparaît le soleil ?
Quelle est la fille au col d'ivoire,
Qui chaque soir s'achemina,
Sur le sommet du promontoire? (*bis.*)
C'est la pauvre Mariana.

Quelle est la svelte créature,
Dont la grâce enivre et séduit.

Et dont l'admirable figure
Trouble les sens et les ravit ?
Quelle est la divine insulaire,
Devant qui plus d'un s'inclina ?
C'est la belle vierge au rosaire,
C'est la noble Mariana.

Quelle est cette fillette accorte,
A l'œil ovale, au sourcil noir,
Qui, sur son joli corset, porte
Elégant stylet en sautoir?
C'est une amante couronnée
Qu'amour au malheur condamna,
C'est d'un pêcheur la fiancée,
C'est la fière Mariana.

Quelle est celle qui pleure et prie
Au chevet d'un agonisant,
Que dans sa jalouse furie,
Un époux teignit de son sang ?
Quelle est cette fille angélique
Qu'un deuil affreux environna ?
Ah! c'est une épouse pudique,
C'est la pure Mariana.

Mais quelle est cette échevelée,
Qui gémit et rit tour à tour,
Dont la raison s'est envolée,
Avec le bonheur en un jour?
Ah! c'est une illustre parente
D'un héros que l'on couronna,
Qui, chez nous, mourut indigente!
C'est la folle Mariana.

RECETTE CONTRE L'ENNUI.

Air : *Ange, ployez vos ailes.*

Le cœur triste, abattu, plein de mélancolie,
J'accusais hautement le destin et les cieux.
Trahi par la perfide et coquette Délie,
J'allais finir mes maux pour me venger des dieux!

Mais Grégoire, soudain,
Vint me dire à l'oreille :
Dans la liqueur vermeille
Viens noyer ton chagrin.

Je le suivais déjà, quand l'aveugle fortune
Vint à passer par-là, me voyant aux abois.
Eh quoi! tu veux mourir? Fi, me dit l'importune,
Suis-moi; viens t'enrichir, on ne meurt qu'une fois.

Mais Grégoire, etc.

Au temp[illegible] fus conduit par la déesse.
En ses discours trompeurs je trouvais mille appas.
Par elle aussi joué, je maudis la traîtresse ;
Invoquant Atropos, j'appelais le trépas.

Mais Grégoire, etc.

Alors sans hésiter au joyeux réceptacle,
Bras dessus bras dessous je suivis le buveur!
Au temple de Bacchus, le véridique oracle
Me rendit la gaîté, l'espoir et le bonheur!

Depuis ce jour enfin,
Grâce au jus de la treille,
Dans la liqueur vermeille
J'ai noyé mon chagrin.

RONDE BACHIQUE.

Air : *Verse, verse, verse encore.*

Que vins fins et liqueurs vermeilles
Coulent ici; puis sans retard,
Débouchons flacons et bouteilles.
Et sablons le divin nectar (*bis*).

Répondez, convives joyeux,
A l'appel du franc Epicure;
Que douce ivresse, gaîté pure,
Fassent le charme de ces lieux.
Qu'en vrai disciple de Comus,
Le plaisir ici nous convie,
Imitons le joyeux Momus,
Si nous voulons charmer la vie (*bis*).
Que vins fins, etc.

Sans doute un minois enchanteur,
Dans une amoureuse entrevue,
Peut embraser notre âme émue
Des feux d'un regard séducteur.
Mais si la coupe du plaisir
Peut énerver notre courage,
Pour éterniser le désir
Ravivons-le par ce breuvage (*bis*).
Que vins fins, etc.

La politique d'Occident,
Me paraît un tant soit peu louche.
Gare aux poudres!..... si l'on y touche,
Le feu s'allume en Orient!
Pour en finir avec les rois,
Qui nous menacent de leur clique,
Mes amis, il nous faut, je crois,
Assembler un congrès bachique (*bis*).
Que vins fins, etc.

Nos pères, que l'on peut citer,
Furent des buveurs redoutables,
Dans tous les repas confortables,
On les voyait s'entre-exciter.
Eprouvaient-ils quelque chagrin,
Quelque noire mélancolie,
Vite, ils entonnaient ce refrain
Que leur inspirait la folie (*bis*).
Que vins fins, etc.

Pour nous conduire en tout comme eux,
Comme eux, pour bannir l'humeur noire,

Sachons tous aimer, rire et boire,
C'est le vrai moyen d'être heureux !
Puis, s'il nous faut aux sombres bords
Habiter une autre taverne,
Avant d'arriver chez les morts,
Buvons pomard, aï, falerne (*bis*).
Que vins fins, etc.

LE NOBLE CŒUR.

AIR : *Votre cœur m'est fermé.*

Oui, j'ai tout deviné, j'ai découvert la flamme,
Qui brûle en vos regards d'une nouvelle ardeur !
J'ai lu, mais sans regrets, jusqu'au fond de votre âme,
Qu'une rivale enfin règne sur votre cœur !
Ah ! loin de m'irriter d'être ainsi délaissée,
Je bénis le destin qui brise nos amours (*bis*).
Non, de votre abandon, je ne suis point blessée,
J'allais moi-même, ami, m'éloigner pour toujours. (*bis*).

Naguère encore, hélas ! mais c'était un blasphême,
A mes genoux tombé, les yeux mouillés de pleurs !
Vous me faisiez serment de n'aimer que moi-même,
Mensonge dont l'écho se repétait ailleurs !
Je savais tout déjà de votre hypocrisie,
Je m'amusai tout bas, riant de vos détours (*bis*),
Je n'ai, de ma rivale, aucune jalousie,
Puisque j'allais, ami, m'éloigner pour toujours. (*bis*.)

En voltigeant, ingrat, vous trouverez peut-être
Celle que votre cœur n'a cessé de rêver.
Prenez garde pourtant de rencontrer un maître
Dans l'esclave qu'alors vous voudrez captiver.
Le voile qui dérobe à vos yeux la lumière,
Tombera, vous laissant entrevoir d'affreux jours (*bis*).
Et vous exhalerez en vain votre prière,
Les cœurs par vous trahis, à vos cris seront sourds. (*bis*)

Il en est un pourtant dont l'affreuse blessure
Saigne alors qu'on le croit dédaigneux et léger!
Celui-là se plaçant au-dessus de l'injure,
Sait oublier, souffrir, et jamais se venger!
Quand je vois s'élargir autour de vous l'espace,
Sur votre isolement je pleure tous les jours (*bis*).
De vous voir malheureux, oh! oui, mon cœur se lasse,
Je pourrais vous punir et près de vous j'accours. (*bis*).

INVOCATION A LA NUIT.

AIR : *Entre dans ma tartane.*

Descends, descends, descends,
Descends, sois longue et sombre.
Douce nuit quc j'attends!
Viens couvrir de ton ombre
Mes doux embrassements.

Laure, la belle Laure, a jeté dans mon âme,
Le trouble, le désir et l'espoir tour à tour.
De ses divins regards la séduisante flamme
En embrasant mon cœur m'a dévoré d'amour.
Descends, etc.

A de tendres amants viens prêter assistance,
Mystérieuse nuit, temoin de nos combats!
Viens, de Laure voiler l'amoureuse décence,
Aux perfides Argus dérober ses appas.
Descends, etc.

Ah! tu combles mes vœux, ô nuit silencieuse!
Morphée autour de nous répand ses noirs pavots.
Je puis mourir d'amour, ô nuit délicieuse,
Mais j'aurai triomphé de mes nombreux rivaux.
Descends, etc.

Ralentis, s'il se peut, ta course trop rapide,
Prolonge nos instants d'ivresse et de désir.
De douce volupté notre cœur est avide,
Laisse-nous épuiser la coupe du plaisir.
Descends, etc.

Ecarte des jaloux l'indiscrète présence,
Que ton obscurité provoque leur sommeil!
Qu'un amoureux repos suive la jouissance,
Que Laure dans mes bras te retrouve au réveil.

Descends, descends, descends,
Descends, sois longue et sombre
Douce nuit que j'attends!
Viens couvrir de ton ombre,
Nos doux embrassements.

JE T'AIME AMI.

Air *nouveau de M. Caylet.*

Je t'aime, ami,
Je t'aime avec délire,
Tes traits chéris sont gravés dans mon cœur,
Comme l'abeille aime et cherche la fleur,
Comme ici-bas aime ce qui respire.
Je t'aime, ami.

Je t'aime, ami,
Comme les hirondelles
Aiment toujours au retour du primptemps,
Comme l'oiseau, symbole des amans.
Aime et chérit les douces tourterelles.
Je t'aime, ami.

Je t'aime, ami,
Comme un marin sur l'onde
Aime à guider son fragile bateau,
Comme le lierre aime le jeune ormeau,
Comme on ne peut mieux aimer en ce monde
Je t'aime, ami.

LE DÉPART.

RÉPONSE AU PORTRAIT.

Même air.

Depuis hier il est prêt le navire
Qui doit voguer pour les pays lointains.
Je vais demain, sous l'aile de Zéphire,
Braver le ciel, les flots et les destins.
Mais loin de toi je resterai fidèle,
Au doux serment que cent fois je t'ai fait,
Et pour garant de ma flamme éternelle
Tiens, voici mon portrait.

Il restera toujours en ta présence
Près de l'alcôve où nous fûmes heureux;
Il veillera pendant ma longue absence
Sur les projets de rivaux dangereux.
Près de faillir, implore cette image,
D'un séducteur elle triompherait!
Si ta vertu devait faire naufrage,
Invoque mon portrait.

Sans doute, un jour, de la plage étrangère
Je reviendrai fidèle nautonnier.
A mon amour tu seras toujours chère,
Les cœurs aimants ne peuvent s'oublier.
Alors pour prix de ta longue constance,
Un doux lien bientôt nous unirait.
Mais si la mort trompe mon espérance,
Garde au moins mon portrait.

L'AMOUR MOISSONNEUR

AIR : *Faut d'la vertu, pas trop n'en faut.*

Oui, de la moisson
La saison
Est joyeuse,
Et rieuse.
Prends ta faucille, moissonneur,
Aux champs est le bonheur.

Lorsque je vois croître le blé
Dans la verte campagne,
De plaisir je me sens troublé,
Si Lise m'accompagne.
Oui, de la moisson, etc

Rose, Marthe et Flore ont quinze ans,
Moi j'en ai déjà seize.
Gertrude, Elvire ont vingt printemps,
C'est l'âge aussi de Blaise.
Oui, de la moisson, etc.

Sous la conduite de l'amour,
Dieu frivole et peu sage,
Nous partîmes avant le jour,
Pour chercher de l'ouvrage.
Oui, de la moisson, etc.

Dans le silence de la nuit.
D'un pas célère et ferme,

Chacun se dirigea sans bruit
Vers la première ferme.
Oui, de la moisson, etc.

Le soleil, de ses doux rayons,
Trésors de la nature,
Venait redorer les sillons
Dotés par la culture.
Oui, de la moisson, etc.

Halte-là, nous dit Cupidon,
Quittez corset et veste,
N'en regrettez pas l'abandon,
Et conservez le reste.
Oui, de la moisson, etc.

Aussitôt filles et garçons,
Sans répugnance extrême,
Cédèrent sans plus de façons
A cet ordre suprême.
Oui, de la moisson, etc.

Chacun déjà le dos courbé,
Se remue et s'agite.
Et sous le fer l'épi tombé,
Mûrit et sèche vite.
Oui, de la moisson, etc.

L'Enfant-Dieu, d'un air affairé,
Lance à Rose baissée,
De ses traits le plus acéré,
Et Rose est renversée,
Oui, de la moisson, etc.

Puis, sous mes yeux, foi de Lucas.
Il fait tomber Gertrude,
L'amour aime à tendre des lacs
A fille jeune et prude.
Oui, de la moisson, etc.

Mais lorsque vint la fin du jour,
Epris de chaque belle,
Le lutin les fit tour à tour
Passer sur la javelle,
Oui, de la moisson, etc.

Mis en gerbe, ensuite en dizain.
Cupidon, chose étrange,
Quitte le champ dès que le grain
Est rentré dans la grange.
Oui de la moisson, etc.

Les champs sont donc le rendez-vous
Où Cérès se couronne,
Amans, venez moissonner tous,
Puisque l'amour l'ordonne.
Oui, de la moisson, etc.

CONSEILS D'UN BUVEUR.

Air : *Sans crainte bannis la contrainte.*

L'eau la plus claire
Ne peut me plaire,
Ce liquide froid, sans saveur,
Ne peut être aimé d'un buveur. (*bis*)

Grégoire, à qui je dois la vie,
Me disait : Pour en bien jouir,
Mon fils. n'ait jamais d'autre envie
Que celle de te réjouir (*bis*).
La gaîté, fille de l'ivresse.
Ne se trouve qu'au cabaret,
Aux genoux de l'enchanteresse,
Chante dès que Phébus paraît.
L'eau la plus claire, etc.

Si nos brouillons diplomatiques
Par Bacchus étaient inspirés,
Jamais leurs débats politiques
Ne seraient par nous censurés.
Loin de provoquer le tonnerre,
Pour flatter quelque souverain,
Ils ne feraient de bruit sur terre
Que pour répéter ce refrain.
L'eau la plus claire, etc.

Tant que flotta, d'un roi parjure,
Sur la colonne et le château,
Le drapeau qui nous fit injure,
Je ne bus que du vin nouveau ;
Mais depuis que rebrille encore,
Sur le monument glorieux,
Le noble drapeau tricolore,
Je ne bois plus que du vin vieux.
L'eau la plus claire, etc.

Il est plus d'un genre de gloire,
L'homme peut choisir ici-bas.
On s'immortalise à bien boire,
Ainsi qu'au milieu des combats !

Mais moi qui déteste la guerre,
Par amour pour l'humanité,
Je ne cherche qu'au fond du verre
Le brevet d'immortalité.
L'eau la plus claire, etc.

Si jamais un nouveau déluge
Menaçait de nous engloutir,
Ma cave serait mon refuge,
On ne m'en verrait plus sortir.
Mon âme sans cesse ravie,
Ne palpiterait pas en vain,
Car je ne quitterais la vie
Qu'après avoir bu tout mon vin.
L'eau la plus claire, etc.

LA MORT D'HERMANCE.

AIR *à faire.*

Tu m'avais dit, au printemps de mon âge.
Ces mots si doux, répétés chaque jour ;
Hermance, avant de devenir volage,
J'aurai vécu !.. Je crus à ton amour.

Je fus crédule et tu devins parjure,
Simple j'étais, tu connus le bonheur !
Ton cœur léger bientôt me fit injure.
Tu me quittas, je connus la douleur !
Tu m'as ravi ma tranquille innocence,
Je ne suis plus qu'un objet de mépris.

Ah ! prends pitié de la sensible Hermance,
Par tes baisers viens étouffer ses cris.
Tu m'avais dit, etc.

Sans doute aux pieds d'une tendre rivale,
Par de doux mots tu flattes son orgueil !
Pour l'attendrir peut-être tu ravale
Celle dont l'âme et le cœur sont en deuil !
Pour tant d'amour, Alfred, grâce, grâce;
Laisse mes yeux un seul jour te revoir.
Pour un moment fais cesser ma disgrâce,
Car je mourrai si je n'ai plus d'espoir.
Tu m'avais dit, etc.

Mais c'est en vain, tu gardes le silence,
Il n'est plus rien des serments d'autrefois.
Tu méconnais de la fidèle Hermance
L'âme, le cœur, les sanglots et la voix.
Ton abandon, ta noire ingratitude,
Tes fiers dédains, pour elle injurieux,
Ont détruit sa douce quiétude,
Alfred, adieu, son âme monte aux cieux !
Tu m'avais dit, etc.

LE TISSERAND NORMAND, AMOUREUX.

AIR : *De la treille de sincérité.*

Tandis que sur pié je m'dessèque,
Et qu'je n'peux bentôt pu dormir,
Tu t'an ris zé fais la pimbèque,
Quand d'chagrin j'sieux prêt za mourir (*bis*).

Sais-tu qu'c'est pas ben, ça, Suzette,
Faut pas qu'tais biaucoup d'sentiment,
Pour ozé traiter d'amourette,
Heune paçion qui fait mon tourment.

Si tu fais queuque tour dans l'village, vit' j't'apperchois par l'eu d'beu ousqué man méquié. Aussitôt mes jambes s'arrêtent, les bras m'tumbent du cor. Je n'fais pu rien! Mais en revanch', j'te r'luque, j'talleum, j'sieux si cotent quand j'peux t'voir un brin, à m'naise, que j'oublie que l'morciau d'bouis fais l'mort, et qui m'faudra mettre mes dents zo cro si ça dure. Ayez-donc z'une idée dans l'cœur pour eune fille qui n'a que d'la glache dans l'sang! puis.

Quand j'mavanche,
Est-ce par prudenche,
Dans la craint' qu'je m'jett' sus tai,
Qu'tu te r'cul toujou si loin d'mai (*bis*)?

C'hest parmi les pus jeun'filles
Qu'un jour, à la danse j'te vis,
Tu m'plus ben pu qu'les pu gentilles,
Et d'joi tout d'suit' man cœur dansis.
Mais, Suzette, si tu r'but ma flamme,
I'm' faudra bentôt faire man sac,
Car avant z'un mois, j'sens qu' m'nâme
Gross' d'chagrin z'aura fait couac!

Mais zaulieur de plier bagage comme un sournois qui déménage sans payer son terme, y m's'rait ben pu zagriable d'vivr' pour t'émé. Ah! si tu chavés coben j'souffr', tu prendrais piquié d'mai! Du matin au soi j'soupir' comme un soufflet d'grosse forge. J'panse tant za tai qu' j'en deviens bête. La moiquié du temps j'sais pas c'que j'fais ni c'que j'dis, surtout quand j'panse qu'tu peux m'écapper. Alors, j'casse tous les fis d'ma caine, et ma navette s'accroqu' dans les pas d'cat. Mais :

Quand j'mavanche,
Est-ce par prudenche,
Dans la craint' qu'je m'jett' sur tai
Qu'tu r'cul' toujou' si loin d'mai (*bis*)?

Laisse-mai sus tan gentil visage,
Qu'est chent fais pu roz qu'un radis,
Laisse-mai, dis-je, prendr' un p'tit gage,
Et je m'crairai dans l'Paradis!
R'garde mai d'un œil moins sévaire,
Accord'moi-donc c'te p'tit' faveur.
Et pi que tai seul' za su m'plaire,
Tu voudrais pas faire man malheur.

J'connais pas ditou les milaudram! mais malgré cha, la marche des grands zespectacl' m'est pas t'étrangère. J'frai donc z'un malheur, Suzette, si tu t'ostine à pas m'sentir! Si tu voulais pourtant, terais biau jeu zavec maoi, aulieur d'aller l'corps tout nu, les manches pareilles, les biaux atours tumberaient sur tai comme la grêle; personn' te r'connaîtrait, mais quand zon t'voirait zétoffé comm' nos cus terreux, tous les zautres femelles s'raient jzalous' d'tai! Mais :

Quand j'mavanche,
Est-ce par prudenche,
Dans la craint' qu'je m'jett' sus tai
Qu'tu r'cul' toujou' si loin d'mai (*bis*)?

Cam'lot, finett' zet chiamoise.
Bourracan, tiretainn zet velour.

Serge fin', crétonn' zet turcoise,
Tout cha s'rait l'prix de t'n'amour.
D'man destin te v'la la maîtresse,
Mais quand j'veu' t'fair z'unn' posicion,
Rends-mai caress' pour caress',
Puisque tai seul' z'est ma pacion.

Tu dés vés clé asteur ! Si j'mé moquais d'tai, est-ce que j'vodrais fair' d'pareils sacrifiches? Faut que j'siais fos d'tai pour cha. J'ême comm' on n'aim' pas, j'taim' mieu q'mai ! J'donnerais tout zau monde pour t'possédé. Rends tai donc qua mes résons, et tu s'ras la pus t'aimée du village et la mieu calée. Vante tan et crais leu ben ! Queuqu'tu f'rais avec tan Claude le péqueur. Il est galant, c'ty la ! Crais pas qui't'fourra tout sans pesson dans la goulle? Crais cha et bois d'liau, téras pas d'indigession. Mais :

Quand j'm'avanche,
Est-ce par prudenche,
Dans la craint' qu' je m'jett' sus tai
Qu'tu r'cul' toujou' si loin d'mai (*bis*)?

Rends-toi donc enfin, ma Suzette,
Ou ben, t'érais z'un mauvais cœur.
Dis-mai · Oui, tout d'suit', ma poulette,
Tout d'suit' itou, j'f'rai tan bonheur.
Tu n'as qu'à m'dir' c'qui peut t'plaire,
Et tout aussitôt j'te l'donnerai,
Mais jur' mai sus l'âme de ta mère
Qu'tu m'donneras zitout c'que j'veux d'tai.

Mais zifaut pour cha qu'tu m'laiss' prendre un p'tit à-compte sus l'mariage. M'n'intention est qu'nos zessayons si nos pouvons chacun d'not' coté remplir nos obligacions.

Chest pas tassez d'être pacioné, y faut toco zêtre prudent pa l'temps qui court. On peut pas trop prendr' d'précaution ; quand les gens du grand monde s'étudie za nos faire la queue, faut ben qu'les p'tits s'mettent zen m'sure d'pas t'être gourés.

Quand j'm'avanche,
Est-ce par prudence,
Dans la craint' qu'.je m'jett' sus tai,
Qu'tu r'cul' toujou' si loin d'mai (*bis*)?

De grâce, dis mai, s'rais tu cotente,
Si pour t'avé je t'attrapais?
Si j'étais trompé dans m'n'attente,
Mai d'man coté? ben vrai! j't'an voudrais.
Pour que chacun d'nous dans c'taffaire,
N'éprouv' pus tard zun tas de r'grêts,
Avant, ma p'tit', laisse-mai donc faire
C'qu'on n'fait z'ordinair'ment qu'après.

Mais cha cherait pas trop guignolant, si zaprès tahoip fait les chan dix-neu coups pour t'obtiendre, j'allions m'trouvé zobligé d'plaider zen séparacion pour t'prier d'ten retorner chez tai. T'approuveras ma magniére, j'sieux sûr. afin d'nos zéviter c'désagrément. Mais :

Quand j'm'avanche,
Est-ce par prudenche,
Dans la craint' qu'je m'jett' sus tai,
Qu'tu r'cul' toujou' si loin d'mai (*bis*)?

L'INDIFFÉRENT VAINCU PAR L'AMOUR.

Air : *La jeune Hortense au fond d'un vert bocage.*

Lorsque j'étais au doux printemps de l'âge,
Du Dieu d'amour je niais le pouvoir.
La beauté même au séduisant langage
Eût vainement tenté de m'émouvoir.
Mais le petit dieu de Cythère
Promit de s'en venger un jour,
Et moi, riant de sa colère,
J'osai tout haut braver l'amour (*bis*).

Il m'entendit, alors de mon injure
Je fus soudain puni l'instant d'après,
Le dieu malin me fit une blessure.
En me lançant ses redoutables traits.
Bientôt d'une naissante flamme,
Je sentis l'indomptable ardeur;
Le feu qui dévorait mon âme
Se révélait par ma douleur (*bis*).

Mais je vis Laure, et cette flamme ardente
Dès ce moment cessa de m'alarmer!
En lui donnant le nom chéri d'amante,
Je ressentis le doux besoin d'aimer.
Ses yeux, son parler, son sourire,
Mirent le trouble dans mon cœur
Alors Cupidon vint me dire
Reconnais-moi pour ton vainqueur (*bis*)

Oui, répondis-je à ce dieu plein de charmes,
Je suis blessé pour la première fois.
Amour, amour, je dépose les armes,
Et me soumets à tes divines lois.
Puisque tout cède à ta puissance,
Je dois m'incliner à mon tour,
Ravi de mon obéissance,
Voici ce que me dit l'amour (*bis*).

Tout est soumis à mon suprême empire,
Par moi le monde est toujours au berceau.
Dans l'univers ce qui vit et respire
Doit l'existence à mon divin flambeau.
L'indifférence est une injure
Qu'on ne pardonne pas aux cieux,
Désobéir à la nature,
N'est-ce pas outrager les dieux (*bis*)?

DIEU VEUT QUE L'ON PARDONNE.

AIR : *J'ai tout perdu, tout sans retour.*

Pardonnez-moi, j'ai tant pleuré.
Depuis que j'ai failli, ma mère !
J'ai le pauvre cœur ulcéré.
Dieu seul connaît ma peine amère.
Repousserez-vous votre enfant,
Quand un séducteur l'abandonne?
Mère, oh ! non, non, Dieu le défend,
Mère, Dieu veut que l'on pardonne !

Celui qui fait couler mes pleurs
Me fuit quand je l'ai rendu père ;
Je l'aime et lui dois mes malheurs,
Il rit!... et je me désespère !
Il a pu me déshériter
De l'innocence que Dieu donne,
Ma vertu peut s'en irriter,
Mère, Dieu veut que l'on pardonne !

Près de vous, puis-je revenir?
Seule, le noir chagrin m'accable !
Non, vous ne pourrez me punir,
Je fus séduite et non coupable !
Me laisserez-vous succomber?
Oh ! non, non, vous êtes si bonne !
A vos genoux je viens tomber,
Pour qu'à votre enfant Dieu pardonne !

LA MAITRESSE DU BUVEUR.

AIR : *Jeune fille aux yeux noirs.*

Moi qui redoute l'eau, disciple de Latone,
Quoi ! cesser pour un jour de descendre au caveau ;
Des cœurs froids m'ont prédit que si vendange est bonne,
Bacchus devra m'ouvrir les portes du tombeau.

Ma maitresse
Est l'ivresse,
Si la vie
M'est ravie,

Ici-bas
Le trépas
Est charmant
En buvant.

De tendres troubadours, aux doux sons de leur lyre.
M'ont dit : Pauvre buveur, tu perdras la raison.
Riant de leurs discours en mon joyeux délire,
M'enivrant de nectar, j'ai redit ma chanson.
Ma maîtresse, etc.

Soupirant aux genoux d'une beauté rebelle,
Brûlé de mille feux et dévoré d'amour.
Un amant rebuté, dans sa douleur cruelle,
Termine et ses tourments et sa vie en un jour.
Ma maîtresse, etc.

Au milieu des combats, sur les champs de bataille,
Favoris de la gloire, indomptables guerriers,
Vous affrontez la mort, vous bravez la mitraille,
Pour illustrer vos noms et cueillir des lauriers.
Ma maîtresse, etc.

LE ROI..... DES PLAISIRS.

AIR : *Mon pays avant tout.*

De tous les plaisirs que l'on vante,
Un seul suffit à mon bonheur;
Et si dans ce jour je le chante,
C'est qu'il me met en bonne humeur (*bis*).

Plaisir d'amour peut un instant séduire,
Mais parmi nous il n'est que passager,
Le seul qui puisse me faire sourire,
C'est le plaisir de boire et de manger. (*bis*).

En est-il de plus confortable
Et plus digne de nos désirs ?
Non, non, le plaisir de la table,
Doit être le roi des plaisirs (*bis*).
La volupté donne un instant d'ivresse.
Et cet instant ne peut se prolonger.
Un seul plaisir se reproduit sans cesse,
Et c'est celui de boire et de manger. (*bis*).

Auprès de fillette charmante,
On passe de bien doux moments,
Elle nous séduit, nous enchante,
Par ses attraits, ses agréments (*bis*).
Mais la beauté ne peut être durable,
Chagrin d'un jour peut la faire changer.
Le seul toujours, renaissant, agréable,
Ah ! c'est celui de boire et de manger. (*bis*).

Ainsi donc, soignons notre vie.
Pour conserver notre gaîté,
Elle peut nous être ravie
Par la perte de la santé (*bis*).
A ce malheur je ne pourrais survivre ;
Mais sans raison dois-je m'en affliger?
Non, tant qu'il me sera donné de vivre,
Pour le plaisir de boire et de manger. (*bis*).

Du temps, quand la faux meurtrière
Viendra terminer mon destin,

Je veux, à mon heure dernière,
Répéter encor ce refrain (*bis*).
Jusqu'au moment où la parque ennemie,
Droit chez Pluton me fera voyager,
Je redirai que la gastronomie
Est le plaisir de boire et de manger. (*bis*).

TU M'AS QUITTÉE.

Air *nouveau de M. Caylet.*

Tu m'as quittée,
Et pourtant je t'aimais,
Je suis restée,
Moi, tout ce que j'étais.

En me serrant la main,
Tu me disais : Jeannette,
Cède-moi, bergerette,
Je t'épouse demain.
Tu m'as quittée, etc.

J'eus confiance en toi.
Tant j'étais innocente,
Je devins ton amante,
Quand tu riais de moi.
Tu m'as quittée, etc.

Si tu reviens un jour,
Tu retrouveras celle
Qui restera fidèle
A ton volage amour.
Tu m'as quittée, etc.

LES TROIS BIJOUX.

Air : *J'ai deux grands bœufs.*

J'ai, vieux soldat, dans ma mansarde,
Trois bijoux que je prise fort !
Avec bonheur je les regarde,
Et je les aime avec transport :
L'un est le portrait de ma mère ,
Trop tôt ravie à mon amour ;
De cette image qui m'est chère,
Je dois me séparer un jour !

Dans mon humble demeure,
Jusqu'à ma dernière heure ,
Jusqu'à ce que je meure ,
Oui, je conserverai
Ce cher objet que toujours j'aimerai.

L'autre , étant soldat d'avant-garde,
M'accompagnait dans le danger !
C'est cette brillante cocarde,
Signe d'effroi pour l'étranger !
Par notre sang victorieuse,
Partout où l'honneur l'ordonna ,
Je la rapportai glorieuse
Au pays qui me la donna !
Dans mon humble demeure, etc.

Le troisième est ma baïonnette ,
Arme fatale à l'ennemi.

Elle se rouille en ma retraite,
Et mon pauvre cœur en gémit!
De ma cocarde tricolore,
Et de ce fer si redouté,
Je pourrai me servir encore
Pour la France et la liberté.

Dans mon humble demeure,
Jusqu'à ma dernière heure,
Jusqu'à ce que je meure,
Oh! oui, je garderai
Ces trois bijoux que toujours j'aimerai.

LE PROSCRIT.

AIR : *Du petit mousse noir.*

Je suis proscrit!... et je t'adore!...
Aline, il me faut te quitter!...
Je vais m'éloigner, et j'ignore
Où ma tête ira s'abriter!
Où s'arrêtera la série
Des maux qui vont fondre sur moi?
Que deviendras-tu, ma chérie,
Lorsque je serai loin de toi?

Je suis proscrit!... Adieu, ma mère,
Toi que j'aime et qu'il me faut fuir!
De tes bras, un arrêt sévère
M'arrache..., adieu!... je vais partir.
Qui prendra soin de ta vieillesse?
Quand, par une barbare loi,

On aura flétri ma jeunesse,
Si je meurs... qui vivra pour toi?

Je suis proscrit!... Adieu, patrie...,
Toi pour qui j'ai donné mon sang!...
Objet de mon idolâtrie,
On me tue en me bannissant!
Qui donc défendra ta frontière,
Si tes vrais fils, ainsi que moi,
Dans l'exil laissent leur poussière?
Qui donc, ici, mourra pour toi?

LE PREMIER CRI DE 89.

Air : *Des Girondins.*

Un nouveau principe se fonde,
Il sera partout imité!
Donnons-le comme exemple au monde,
Proclamons notre liberté!
Affranchir sa patrie,
Et lui vouer sa vie,
C'est le don le plus beau, le plus digne d'envie

Plus de donjons, plus de bastilles,
De pont-levis, ni de châteaux!
Plus de tourelles, plus de grilles,
Plus de seigneurs, plus de vassaux!
Affranchir, etc.

A ce cri que chacun réponde :
Non! plus de féodalité!

Quand la France est lasse elle gronde,
Le peuple veut l'égalité.
Affranchir, etc.

Désormais, non, plus de servage,
Brisons donc de honteux liens!
Bannissons d'ici l'esclavage,
Ne soyons que des citoyens!
Affranchir sa patrie,
Et lui vouer sa vie,
C'est le don le plus beau, le plus digne d'envie

L'AMATEUR DE FLEURS.

Air : *Aime-moi bien.*

Dites-moi, belle jardinière,
Quel prix vous mettez à vos fleurs?
Je suis un amateur, ma chère,
Et j'aime toutes les couleurs!
Quand elles sont fraîches écloses,
Que le parfum leur vient des cieux,
Je les admire!... mais les roses
Sont celles que j'aime le mieux.

Oui, Monsieur, je suis jardinière,
Mais c'est pour mon seul agrément.
Pendant la saison printanière,
C'est mon unique amusement!
J'entretiens, je baigne et j'arrose
Les pistils les plus délicats,

Et, si l'on désire une rose,
Je la donne et ne la vends pas.

Ah! vous me ravissez, la belle,
En montrant un si noble cœur!
A mes vœux n'étant pas rebelle,
Vous me donnerez une fleur!
A mes dons vous semblez prétendre,
Quand je ne vous ai rien promis!
Ici, Monsieur, rien n'est à vendre,
Et mes fleurs sont pour mes amis!...

LES AMANTS VERTUEUX.

Air : *Restez, restez, je vous en prie.*

Depuis deux jours, de cette place,
Je vois autour de ce verger,
Un jeune homme rempli de grâce,
Au regard tendre, au pied léger!
Que vient-il faire? Il se promène!
Il ne sait que je puis le voir;
Pourtant chaque jour le ramène
Le matin et même le soir.

Hier, au pied de ma fenêtre,
Il s'arrêta tout soucieux,
Je crus un instant le connaître
Au feu qui brillait en ses yeux.
Je lus sur son pâle visage
Qu'il semblait aimer sans espoir!

Que vient-il faire en ce village?
Quelle est celle qu'il cherche à voir?

Ainsi parlait la jeune femme,
Dont le cœur oppressé battait.
Un lien enchaînait son âme
Mais non à celui qu'elle aimait!
Celui qui jamais n'aima qu'elle,
Qui, soldat, beau, plein de savoir!
Jules, enfin, décoré, fidèle,
Est celui qui revient la voir.

Dès le lendemain, accourue
Sur la limite du verger,
Jules vint s'offrir à sa vue,
Mais non point pour l'interroger.
Je sais tout, vous n'êtes plus libre,
Vivez, pour remplir un devoir.
Au combat, sur les bords du Tibre,
Aux cieux nous pourrons nous revoir.

LES DEUX TEMPÊTES.

AIR : *File, file, file, file, Jeanne.*

Viens, ô ma petite,
Partons, partons vite,
Qu'un toit nous abrite,
Le ciel est en feu!
Ce site sauvage,
Cet affreux parage,
Sujet à l'orage,
Est maudit de Dieu!

Vite, vite, vite, vite, belle,
Au marin viens unir ton sort, (*bis.*)
Viens, entre avec moi dans ma nacelle
Et nous allons gagner le port.
Vite, vite, vite, vite, vite, vite, vite, vite, belle,
De ces lieux
Dangereux
Fuyons tous les deux.

Viens, ô belle blonde,
Viens, la foudre gronde,
Elle agite l'onde,
Fuyons le danger.
Viens, je t'en supplie,
L'oiseau de mer crie
Les flots en furie
Vont nous submerger.
Vite, etc.

L'horrible tempête
Est sur notre tête,
Moi que rien n'arrête,
Je te sauverai.
Mais deviens ma femme,
Et soudain ma rame
Va fendre la lame
Ou je périrai.
Vite, etc.

Le feu de la foudre,
Qui peut tout dissoudre,
Tout réduire en poudre,
Nous menace et luit!

Le feu qui dévore,
Le cœur qui t'adore,
Est cent fois encore
Plus brûlant que lui.
Vite, etc.

L'instant est suprême,
Viens, ô toi que j'aime,
Viens, ou je blasphême
Le saint nom de Dieu!
D'amour je suis ivre.
Pour moi veux-tu vivre,
Dis?... Veux tu me suivre ?
Oui!... Fuyons ce lieu.
Vite, etc.

LE TRÉSOR BIEN GARDÉ.

AIR *connu*.

Où vas-tu donc, jeune fillette,
Porter ces odorantes fleurs?
Si tu veux, je te les achette,
Je suis ravi de leurs couleurs!
Pour ces deux beaux boutons de rose,
Je te donnerai beaucoup d'or :
« Sur eux mon avenir repose,
« Je veux conserver mon trésor! »

Si tu cédais à ma prière,
Je deviendrais ton protecteur!

Je te ferais riche fermière,
La fortune mène au bonheur!
Aux faveurs que je te propose
Peux-tu bien résister encor?
« Monsieur, parlez-moi d'autre chose,
« Je veux conserver mon trésor. »

Tu m'irrite... et ta résistance
Accroît le feu de mes désirs.
De la fleur de ton innocence
Je veux embellir mes plaisirs.
A mes vœux ta vertu s'oppose,
Mais moi, par un sublime effort,
Quand ma main dans ta main se pose,
Vierge, donne-moi ton trésor.

A ce prix, répond la pauvrette,
Oui, je pourrais combler vos vœux;
Mais Notre-Dame-de-Lorette
Bénira bientôt d'autres nœuds.
Au digne ami de ma jeunesse
Je vais demain unir mon sort,
Cette fleur fera sa richesse,
Et je lui garde mon trésor.

LE SERMENT DE LISE.

Air : *Viens aux champs couler d'heureux jours* (Bérange:

Vois-tu, Lise, cette prairie,
Tapis vert admirable et beau?

On y foule l'herbe fleurie,
On s'y mire au bord d'un ruisseau !
Viens avec moi sans défiance,
Nous y passerons un beau jour !
Et dans cette douce espérance
Je suivis Lubin sans détour.

Aussi naïve que simplette,
Je ne vis point sa trahison.
Place-toi, dit-il, ma Lisette,
Près de moi sur ce vert gazon !
Je le fis, et sans résistance,
Je lui laissai prendre un baiser !
J'avais, en Lubin, confiance,
Quand il songeait à m'abuser.

Non, non, je n'y serai plus prise
Au jeu que m'enseigna Lubin,
J'en fais le serment, foi de Lise,
Il m'a causé trop de chagrin !
Fort de mon inexpérience,
Dans un piége il me fit tomber !
Je n'avais que mon innocence,
Je faillis et dus succomber.

LA VERTU LA FIT REINE.

AIR *nouveau.*

Vierge, viens habiter ce temple,
Où tu passes matin et soir,

Que je t'admire et te contemple,
Tout le jour je voudrais te voir!
Toi dont le regard est si tendre,
Le front si beau,
Que je serais fier de t'attendre
Dans mon château!

Que j'aime tes cheveux d'ébène,
Ta belle taille et tes beaux bras!
Viens, de mon palais sois la reine,
Je veux l'offrir à tes appas.
Quand je vois plus blanc que l'ivoire
Ton joli cou
Briller sous ta voilette noire,
Je deviens fou!

Du ciel, ô belle créature!
Tu reçus les dons infinis;
Tous les trésors de la nature
En toi se trouvent réunis.
Je suis muet quand je t'admire,
Je perds la voix
Et je tombe dans le délire,
Quand je te vois.

Je ne suis qu'une pauvre fille,
Orpheline dès en naissant.
La charité fut ma famille,
Je restai pure en grandissant.
Vous alarmez mon innocence,
Quand sur mes pas
Vous étalez votre opulence,
Je n'en veux pas.

Que faut-il donc, ange céleste,
Pour ne pas t'enfuir loin de moi?
Ta vertu farouche et modeste
Refuse les bienfaits d'un roi !
Ah ! tu veux garder de toi-même
L'estime !... Enfin,
Viens, je t'offre le rang suprême
Avec ma main.

CONSEILS A LAURE

POUR LA DÉTOURNER DU CÉLIBAT.

Air : *L'ingrat qui m'a ravi ton cœur.*

Pourquoi ne pas vouloir aimer?
Toi si bonne et surtout si belle !
Faire un tel vœu c'est blasphémer,
L'existence est-elle éternelle ?
Songe donc à ton avenir !
Songe à l'hiver de la vieillesse !
L'hymen est fils de la sagesse,
Il faut s'unir (*bis*).

Sur notre globe aventureux,
La vie est un pèlerinage.
Il est bon de passer à deux
Ce désert sujet à l'orage.
Jeune, il faut donc se prémunir
Contre une infaillible détresse.
Pour [illegible]
Il fa[illegible]

Sans doute un amour matériel
N'est point celui d'une belle âme !
Mais il en est un, dont le ciel
Ne désapprouve pas la flamme.
Et quoi qu'il en puisse advenir,
Mieux vaut encore une faiblesse
Que de vivre isolé sans cesse.
Il faut s'unir (*bis*).

Ainsi, Laure, il faut renoncer
A ton inhumaine chimère.
Le ciel, pour te récompenser,
Voudra que tu deviennes mère ;
Mais on ne saurait obtenir
Ce bonheur sans une caresse !
Puisque Dieu permet cette ivresse ,
Il faut s'unir (*bis*).

L'ANGE DÉCHU.

Air : *Rien ne pourra calmer ma peine amère.*

Ce n'est plus toi, naguère encor si pure,
Toi dont les yeux sur la terre abaissés,
Riche d'attraits, œuvre de la nature ;
Toi qu'adoraient mille cœurs empressés.
Ce n'est plus toi, vierge au maintien modeste ,
Au regard tendre, au doux parler !
De n'être plus cette beauté céleste.
Ah ! tu devrais pleurer !

Si l'on parlait de quelque fille sage,
On te citait avec un noble orgueil!
Traversais-tu parfois notre village,
Pour t'admirer on venait sur le seuil.
Si le hasard t'amenait dans la plaine,
Sur ton chemin, remplis d'espoir,
Discrètement, retenant leur haleine,
Tous venaient pour te voir.

Où sont ces dons, seuls attributs des anges,
Joyaux divins, reçus du Créateur?
Qu'en as-tu fait?... de ces festins étranges,
Lubrique orgie où tomba ta pudeur,
Qu'as-tu sauvé? Rien! tout a fait naufrage!
Vertu, candeur, des femmes le seul bien!
Tout a sombré!... De ton riche partage
Il ne te reste rien!

Chez toi le luxe est même une indécence,
Vases, tableaux, bronzes et diamants,
Trésors acquis au prix de l'innocence,
Témoins suspects, trafic de tes amants!
Dans cette alcôve élégante et dorée,
Sous ces festons, ces rideaux de brocart,
Tu ne dors plus de ta vertu parée,
Tu n'en as que le fard.

Que dis-je donc? Ah! sans réserve aucune,
Tu fis métier de tes charmes puissants,
Et chaque don de l'aveugle fortune
Est un tribu levé sur les passants.
Dis-moi combien t'ont coûté ces largesses?
Dis-moi combien pour ces vases, ces fleurs,

Il te fallut prodiguer de caresses
Et dévorer de pleurs ?

Ah ! si jamais tu reviens au village
Où l'on conserve encor ton souvenir,
Tu ne verras que mépris au passage !
Mais non, jamais tu n'y peux revenir.
Ange déchu !... Sais-tu bien que ta mère
A succombé pendant ton abandon ?
Va donc au ciel, et non pas à la terre,
Demander ton pardon.

L'OURAGAN TERRIBLE.

HISTORIQUE.

Air *nouveau.*

Essaye à décrire
L'ouragan maudit;
Plume, viens redire
L'effroi de la nuit.

La mer est calme et sans tourmente,
Dit à son fils le vieux pêcheur,
La brise est chaude et l'eau dormante,
Tout nous présage le bonheur.
Essaye, etc.

Jetons nos filets où naguère
Nous fîmes un riche butin.
Puis nous regagnerons la terre
Avant le reflux du matin.
Essaye, etc.

Thons brillants, riches coquillages,
Sont le lot de l'heureux pêcheur,
Mais soudain d'étranges nuages
Jettent la crainte dans son cœur.
Essaye, etc.

Le flot monte et la lame écume,
L'élément perfide mugit,
Et du sein de l'épaisse brume,
L'éclair sort, brille et s'élargit.
Essaye, etc.

La vague porte la chaloupe,
Tour à tour de l'abîme aux cieux
Foudroyés tous deux à la poupe,
Père et fils ont fermé les yeux.
Essaye, etc.

O mon fils, mon époux, s'écrie
Une mère, épouse aux abois,
Flots cruels prenez donc ma vie
Puisqu'ils n'entendent plus ma voix.
Essaye, etc.

C'est en vain, l'inflexible Parque
A frappé père et fils !... Adieu !
Adieu, mère, adieu, pauvre barque,
Tous deux ont rendu l'âme à Dieu.

Essaye à décrire
L'ouragan maudit,
Plume, viens redire
L'effroi de la nuit.

LE PRINTEMPS ET L'AUTOMNE. (ALLIANCE.)

AIR : *Brune fille, ô toi que j'adore.*

Ainsi qu'un rayon d'espérance,
Qui paraît après les autans,
Toi qui sors de l'adolescence,
Viens-tu pour conjurer le temps?
De son char où sa main m'entraîne,
Tu pourrais ralentir l'essor.
Viens m'aider à rompre ma chaîne,
Ou bien viens partager mon sort.

Je descends la pente rapide,
Au bas de laquelle il faut choir!
Sur cette route trop aride,
Il n'est pas permis de s'asseoir;
Mais toi dont la bouche rieuse
Charmerait si bien tous mes jours,
Voudrais-tu, belle voyageuse,
M'accompagner dans ce parcours?

Le temps fuit et passe bien vite,
On ne le voit point s'arrêter.
Accompagne-moi, ma petite,
Sans toi je pourrais m'attrister.
Tu me parais joyeuse et bonne,
La gaîté te suivra toujours;
Tu charmeras mes jours d'automne
En les mêlant à tes beaux jours.

Je n'ai point de desseins perfides
Quand pour toi je forme des vœux;
Si tu crains, regarde mes rides,
Vois la neige de mes cheveux.
Avec un si mince bagage,
Tenterai-je d'autres amours ?
Non, je ne serai point volage,
Je m'attache à toi pour toujours.

Mais le char gagne de vitesse,
Dans sa course il peut se briser;
Je le monte, et dans ma détresse
Au malheur je vais m'exposer.
Ah ! viens donc éclairer sa marche,
Avec moi viens la parcourir,
De mon salut tu seras l'arche,
Ton refus me fera mourir.

A Dieu seul, oui, je me confie,
Pour unir le soir au matin,
Devant lui tout sanctifie,
Oui !... je me lie à ton destin.
Je veux être à toi sans partage,
Puis du temps bravant les rigueurs,
Je saurai charmer le voyage,
Par des chants et des fleurs.

L'HIRONDELLE,

OU LA MESSAGÈRE DU PRINTEMPS.

Air : *C'est la Sirène.*

Déjà la feuille
Du chèvrefeuille
Se laisse voir,
Nous rend l'espoir ;
La paquerette,
La violette,
Œuvre des Cieux
Flattent les yeux.
Du réveil de la nature
Le précurseur et l'augure,
Ah ! c'est un voyageur,
Constant visiteur.

Ah! ah! ah! ah! ah! ah! ah! ah!
C'est l'hirondelle
Qui tous les ans
Revient fidèle
Au doux printemps.

La fraîche aurore
Enfin redore
Nos champs, nos toits,
Nos prés, nos bois.
L'oiseau, symbole
Du printemps, vole,
L'hiver s'enfuit
Triste et sans bruit;

Une heureuse messagère,
Douce et belle passagère,
Comme un trait, un éclair,
A traversé l'air.
Ah! ah! ah! etc.

Sur la tourelle
A tire d'aile
L'oiseau léger
Vient voltiger ;
Puis dans l'espace
Il plane, il passe.
Tantôt son vol
Rase le sol,
Tantôt à perte de vue
Il s'élève vers la nue
Et va purger les airs
D'insectes divers.
Ah! ah! ah! ah! etc.

Qui vient paraître
Sous la fenêtre
Cent fois le jour,
Ivre d'amour,
Alerte et vive,
Toujours active,
Portant au bec,
Humide ou sec,
L'aliment à sa couvée,
Par sa tendresse élevée,
Qui demain volera
Se balancera.
Ah! ah! ah! ah! etc.

RIMES SUR LES CINQ VOYELLES.

AIR : *Des bossus*

Vous que toujours amour inspirera,
Et qu'en tous lieux le plaisir guidera,
Tant qu'à vos Jeux le goût présidera,
Et qu'à vos chants la beauté s'unira,
Gai visiteur chez vous applaudira.

A table on n'est jamais mieux inspiré
Lorsque d'amis on se trouve entouré,
Et que l'on peut d'un vin vieux frais tiré,
Remplir son verre et le boire à son gré
A la santé d'un objet adoré.

Lise, à quinze ans, avait fait le pari
De fuir le dieu qu'Héloïse a chéri.
Le beau Lindor au teint frais et fleuri
Avec Lisette un soir en tilburi
Lui fit d'amour jeter le premier cri.

Maint orateur au style *barbaro*,
Qui siége à droite et compte pour *zéro*.
Dans un café du passage *Véro*,
Sablant un jour un cruchon de *faro*,
Se trouve mal en lisant *Figaro*.

A la tribune un jour ayant paru,
Monsieur S....., député fort ventru,
Dans un discours aussi sot qu'incongru,
Prouva trois fois, hélas! qui l'aurait cru,
Qu'il raisonnait comme [illegible]tru.

LA PAIX.

AIR : *Muse des bois et des accords champêtres.*

Que faites-vous ? Au lieu de vous entendre,
Vous que le ciel créa pour vous aimer !
Dans les combats chaque jour voit répandre
Le sang par qui Dieu sait vous animer,
Dans le fracas et dans le bruit des armes,
Vous succombez pour un faux point d'honneur :
La paix, amis, la paix seule a des charmes,
Embrassez-vous, la paix mène au bonheur.

N'enlevez plus par le droit de conquête
Ce droit cruel, barbare, avilissant,
Aux opprimés dont vous courbez la tête,
Les biens, l'honneur, en répandant leur sang.
Ayez pitié de leurs cris, de leurs larmes,
Mettez un terme au fléau destructeur :
La paix, amis, la paix seule a des charmes,
Embrassez-vous, la paix mène au bonheur.

Dans les cités, sous le chaume et l'échoppe,
Soyez amis, ne formez qu'un faisceau.
Fraternisez, fils de la vieille Europe,
En marchant tous sous un même drapeau !
Brisez le fer dont on forgea vos armes,
Et faites-en un soc agriculteur :
La paix, amis, la paix seule a des charmes,
Embrassez-vous, la paix mène au bonheur.

N'êtes-vous pas enfants d'un même père
Ah! soyez donc frères pour vous chérir!
De votre sang pourquoi rougir la terre,
Quand par vos bras elle peut vous nourrir.
Fuyez, fuyez d'homicides vacarmes,
Puisque le siècle est civilisateur ·
La paix, amis, la paix seule a des charmes,
Embrassez-vous, la paix mène au bonheur.

LA FIANCÉE.

AIR: *Votre cœur m'est fermé.*

Depuis que dans sa main il a pressé la mienne,
Que ses tendres aveux m'ont révélé son cœur,
Depuis que ma pensée a volé vers la sienne,
L'avenir me sourit et je crois au bonheur!
Ah! qu'il me sera doux de vivre pour lui plaire,
Heureuse de l'entendre et de le voir toujours. (*bis.*)
De ta fille, dis-moi, comprends-tu, bonne mère,
Que pour elle bientôt vont naître d'heureux jours? (*bis.*

Parmi tant de beautés, quand c'est moi qu'il préfère,
J'aperçois de l'hymen l'indice avant-coureur!
Puis-je sans vanité de ce choix être fière?
Peut-être une rivale en gémit de douleur!
Mais, non, de mon ami l'âme sensible et belle
N'alimenta jamais de perfides amours, (*bis.*)
Je n'aurais point voulu du cœur d'un infidèle,
Un parjure ne peut nous donner d'heureux jours.

Oh! non, je n'aurai point des élans de mon âme
A me plaindre jamais: confiant, généreux,
Mon cœur en se donnant ose avouer sa flamme,
Partagée, elle peut seule le rendre heureux;
Unissant nos destins, une même tendresse
En éternisera le doux et joyeux cours,
Du bonheur j'entrevois l'image enchanteresse,
Et l'hymen me promet de beaux et d'heureux jours.

LES CANOTIERS PARISIENS.

AIR: *Du fou de Tolède.*

La Seine est calme et la brise admirable
Gais matelots,
Le ciel est pur et le vent favorable,
Vite aux canots.
Il faut avant le lever des étoiles
Quitter le port,
Dressons nos mâts et déployons nos voiles,
Virons de bord,
Oui, virons de bord.

Doublons le cap où se mirent dans l'onde,
Les marronniers,
Berci devient le nouveau tour du monde
Des nautonniers,
Pour mériter les pages de l'histoire
Après la mort,
Voguons, amis, vers le grand promontoire,
Cinglons Saint-Maur,
Oui, cinglons Saint-Maur.

La grève est loin et la nuit descend vite,
Voici le soir!
Le vent fraîchit, déjà l'onde s'agite,
Le ciel est noir!
Déjà la foudre au-dessus de nos têtes
Vole en éclats,
Mais nous bravons des vents et des tempêtes
Tout le fracas,
Oui, tout le fracas.

La nue enfin s'éloigne, et le rivage
S'offre à nos yeux,
Le sombre Eole accompagne l'orage,
Sous d'autres cieux,
Poursuivons donc, amis, avec vitesse
Notre heureux tour,
Et puis ce soir célébrons dans Lutèce
Notre retour,
Oui, notre retour.

COUPLETS DÉDIÉS A Mlle A. S...

QUI NE VOULAIT PAS SE MARIER S'IL LUI FALLAIT QUITTER SES PARENTS

Air : *Pour nous quitter embrassons-nous.*

C'en est fait, ô mère chérie,
Tes vœux enfin vont s'accomplir!
Ta fille aujourd'hui se marie,
Le prêtre et toi vont la bénir.
Songes riants de mon enfance,
Et vous, objet de mon amour,

Tendres parents, douce innocence,
Il faut tout quitter en un jour.

Vous quitter ? oh ! non... de ma vie !
Je sais qu'en prenant un époux,
Votre fille vous est ravie,
Mais deux cœurs vont battre pour vous.
Dignes soutiens de ma jeunesse,
Vous serez payés de retour,
Pour honorer votre vieillesse,
Nous vous chérirons tour à tour.

Non, les liens de l'hyménée
Ne doivent point nous séparer.
Pour vous fuir je ne suis pas née,
Près de vous je veux demeurer ;
Que le même toit nous rassemble,
Où l'on se plaît on est joyeux,
Pour nous aimer vivons ensemble,
Avec vous nous serons heureux.

LA PRIÈRE DE LA FIANCÉE.

DÉDIÉ A Mlle AGLAÉ S.....

AIR : *Dans les bosquets de Romainville.*

Dans son alcôve, seule encore,
Une fiancée au jour naissant,
Avec ferveur, avant l'aurore,
A la mère du Tout-Puissant
Disait : Sainte Vierge Marie,
Je vais accepter un époux !

Faites qu'il soit bon, je vous prie,
Je vous le demande à genoux.

Faites, reprit la jeune vierge,
Qu'il n'ait pas l'esprit trop léger.
Je vous ferai don d'un beau cierge
S'il n'aime pas à voltiger!
Je l'aimerai, sainte Marie,
S'il n'est ni méchant ni jaloux.
Qu'il soit fidèle, je vous prie,
Je vous le demande à genoux.

Oh! je l'aimerai, je l'espère,
S'il est aimable et gracieux!
Alors, de lui je serai fière,
Et j'en remercierai les cieux.
Exaucez-moi, sainte Marie;
Qu'il soit docile et sans courroux,
Qu'il n'aime que moi, je vous prie,
Je vous le demande à genoux.

Il me reste à former encore
Un suprême, un unique vœu:
Vierge sainte, vous que j'implore,
Vous l'exaucerez, s'il se peut:
Si je deviens mère. ô Marie,
Que le fruit que l'on dit si doux
Vienne sans douleur, je vous prie
Je vous le demande à genoux.

A UNE JEUNE VEUVE, Mme F.....

QUI SE LAISSAIT ALLER A UNE SOMBRE MÉLANCOLIE.

AIR : *Des Espagnols m'ont pris sur leur navire.*

Dis-moi, dis-moi ce qu'éprouve ton âme,
Révèle-moi ce qu'éprouve ton cœur?
Est-elle éteinte à jamais, cette flamme,
Que mit en toi le divin Créateur?
Ce teint si frais, trésor de la jeunesse,
Cette gaîté se sont soudain enfuis,
Ton beau visage est empreint de tristesse,
Et sa pâleur décèle tes ennuis.

Puis, sur ton front où siégent les tempêtes,
On voit errer l'inflexible douleur!
Elle te suit, et même aux jours de fêtes
On la retrouve unie à la langueur;
Ta bouche aussi n'a plus ce doux sourire
Qu'on admirait au temps de ta gaîté!
Et ton regard a perdu son empire,
Quand de tes yeux il s'échappe attristé.

Un jour aussi, sans soutien et froissée,
Timide fleur, des champs simple ornement,
Ainsi que toi, par l'ouragan blessée,
En s'effeuillant languissait tristement.
Mais une nuit, sur l'enfant de la terre,
Douce rosée épandit sa fraîcheur.
Daigne sourire, et le suc salutaire
Te sauvera comme il sauva la fleur.

CHACUN SON LOT.

Air : *Allez cueillir des bluets dans les blés.*

Du temps qui fuit et n'épargne personne,
Méfions-nous, nos cheveux ont blanchi !
Quand du destin l'heure fatale sonne,
De tous ses maux l'homme part affranchi,
Mourir n'est rien, la vie est peu de chose
Pour le mortel qui succombe ignoré ;
Mais au génie on doit l'apothéose :
Qui vécut grand doit mourir honoré.

Du courtisan adulateur perfide,
Ami, fuyons les dangereux discours.
Sa bouche ment. et votre âme candide
Ne connaît rien au langage des cours.
Dans les palais où la vanité pose,
L'intrigue règne au suprême degré.
Vivons aux champs où la vertu repose :
Qui resta pur doit mourir honoré.

A l'indigent qui trébuche à ta porte,
Ouvre ton cœur et va donner la main.
Le malheureux que la misère escorte
Ne peut souvent attendre au lendemain.
La charité doit donc. à l'instant même,
Venir en aide au pauvre cœur navré.
Qui vécut bon, doit au moment suprême.
Partir en paix et mourir honoré.

HAINE, AMOUR ET FOLIE.

Air : *De la Nostalgie.*

Si les regrets doivent suivre la faute,
Oh ! que ton cœur doit gémir oppressé !
Tu m'as trahi ! le bonheur que tu m'ôte,
Me fait ouvrir les yeux sur ton passé !
Tu m'as trompé par légèreté d'âme,
Coquette et folle, on l'est tant à Paris !
Mais en brûlant d'une nouvelle flamme,
De toi je suis encore épris !

Oh ! sais-tu bien que le jour de ta fuite,
Quand de ton cœur faisant un nouveau don,
Je t'appelai plus de cent fois de suite,
Ne pouvant croire à ton lâche abandon ,
Ma voix dans l'air, plaintive et solitaire,
En te nommant faisait monter ses cris,
Mon cœur blessé pouvait-il bien se taire ?
De toi j'étais encore épris !

Quand cette voix implorait, expirante,
Par ses sanglots ton rapide retour,
Que faisais-tu ? Sur ta couche odorante,
Tu prodiguais mille baisers d'amour !...
Je te pleurais, cœur naïf et candide,
Mais tu n'es plus l'ange que je chéris !
Ah ! quand je cherche à t'oublier, perfide,
De toi je suis encore épris !

Mais aujourd'hui, c'en est fait, je t'abhorre,
Tu tenterais en vain de m'attendrir !
Oh ! qu'ai-je dit !... je suis fou, je t'adore ;
Ma bouche ment, je ne puis te haïr !
Vois !... la raison m'abandonne, cruelle,
Mon âme en feu se consume, et tu ris !...
Ainsi que toi, quand tout m'est infidèle,
De toi je suis encore épris.

CE QUI ME PLAIT.

Air : *Vive Paris !*

Ce n'est ni l'or, ni l'aveugle fortune,
Riches palais, lambris éblouissants,
Ni les grandeurs dont le faste importune,
Ce n'est point là ce qui trouble mes sens.
Ce qui séduit, ce qui charme ma vie,
Ce ne sont point les métaux précieux,
Ce qui me plaît, me ravit, c'est Silvie,
C'est son beau front, sa bouche et ses beaux yeux !

Elle n'a point de collier, de parure,
Sur elle point d'étoffes de brocart,
Ses cheveux noirs encadrent sa figure,
Son beau visage est vermeil et sans fard.
Mais ce qui plaît à mon âme ravie,
Dans ce bel ange envoyé par les cieux,
C'est le maintien, les grâces de Silvie,
C'est son beau front, sa bouche et ses beaux yeux !

Luxe obtenu pour prix d'une caresse,
Vases, cristaux, perles, rubis, saphirs,
Muets témoins de plus d'une faiblesse,
Vous n'êtes point l'objet de ses désirs.
Ce qui convient, ce qui sied à Silvie
C'est un ruban, c est un nœud gracieux ;
Ce qui la rend surtout digne d'envie,
C'est son beau front, sa bouche et ses beaux yeux !

Silvie a donc tout ce qui peut séduire :
Grâce naïve, innocence et candeur,
Dans sa vertu sa belle âme se mire,
Et sa beauté fait toute sa splendeur.
Par son image à jamais poursuivie
Mon âme en feu la retrouve en tous lieux,
Sans hésiter je donnerais ma vie,
Pour son beau front, sa bouche et ses beaux yeux !

LE JOYEUX BUVEUR.

AIR *des Créoles.*

Au doux aspect de ses treilles,
Un buveur, en ses refrains,
Disait : O grappes vermeilles,
Vous calmerez mes chagrins !
A de trop longs jours d'alarmes
Succédera la gaîté;
Oui, vous sécherez les larmes
D'une longue adversité !
Vos sucs divins, à mon âme attendrie,
Rendront l'espoir, la paix, la vie et le bonheur !

Je chanterai Bacchus et la patrie,
Les arts, l'amour, notre gloire et l'honneur.
Je chanterai Bacchus et la patrie,
La liberté, la France et la valeur.

Vous dissiperez mes peines,
O nectar délicieux,
Vous vivifierez mes veines
Et rendrez mon cœur joyeux.
Du buveur franc et sincère.
Qui sourit à la pitié,
Je pourrai remplir le verre
Pour trinquer à l'amitié.
Vos sucs divins, etc.

A l'indigent qu'on évite,
Par des flots de volupté,
Sous le chaume qu'il habite,
Vous porterez la santé.
Des vieux héros de la Loire,
Longtemps voués au malheur,
Vous célébrerez la gloire
Et réchaufferez le cœur.
Vos sucs divins, etc.

Pour les méchants qu'on abhorre,
Répandus dans l'univers,
Raisins mûris par l'aurore,
Ah! que n'êtes-vous amers!
Mais du pauvre prolétaire,
Par un miracle nouveau,
Que votre jus salutaire
Vienne remplir le caveau.

Vos sucs divins, à mon âme attendrie,
Rendront l'espoir, la paix, la vie et le bonheur!
Je chanterai Bacchus et la patrie,
Les arts, l'amour, notre gloire et l'honneur!
Je chanterai Bacchus et la patrie,
La liberté, la Franco et la valeur.

CALIFORNIE.

Air : *Partez, partez, s'il en est temps encore.*

Quittez votre chétive échoppe,
Pauvres travailleurs soucieux,
Quittez enfin la vieille Enrope,
Ce continent caduc et vieux.
Montez sur ce léger navire,
Qui va sous des climats lointains,
Poussé par l'aile de zéphyre,
Vous ouvrir de nouveaux destins.

Quittez, enfants, quittez-donc ce vieux monde,
Qui, trop étroit, ne peut vous contenir,
Allez là-bas, c'est au delà de l'onde,
Que vous attend un brillant avenir!

Allez où sont de vastes plaines,
Des flots d'air et des fleuves d'or!
Des zéphyrs aux douces haleines,
Afin de conjurer le sort.
Ici, la vie est un mensonge,
L'homme par l'homme est exploité!

Rien de stable ici, tout est songe,
Là-bas tout est réalité.
Quittez, enfants, etc.

Fuyez ce pays des chimères,
Où l'esprit s'use, tourmenté
Par mille projets éphémères,
Sans profit pour l'humanité !
De ces nations surannées
Qu'enlace un dangereux progrès,
Fuyez les tristes destinées
Sans amertume et sans regrets.
Quittez, enfants, etc.

Oui, fuyez ces tristes rivages,
Du sang des peuples abreuvés !
Allez passer sur d'autres plages
Ces beaux jours si longtemps rêvés !
Fuyez de ce sol où tout croule,
Volcan de révolutions,
Fuyez cet abîme où tout roule
Empires, rois et nations.
Quittez, enfants, etc.

Sans crainte de la calomnie,
Quittez ce continent pervers,
Volez vers la Californie
Où des trésors vous sont ouverts !
Sous le plus riant horoscope,
Loin du trouble et des passions,
Allez fonder une autre Europe
Pour d'autres générations.
Quittez, enfants, etc.

Produit d'études et de veilles,
Sous ce ciel exempt de frimas,
Portez vos arts et vos merveilles,
Pour en doter ces beaux climats!
Surtout, portez-y la lumière,
Et répandez-y la clarté,
Sur toute terre hospitalière
Elle est sœur de la liberté.
Quittez, enfants, etc.

L'AMOUR.

Air : *J'aime Lucas, je l'adore.*

Pour le bonheur de ma vie,
Le ciel te créa, Sylvie!
Et pour goûter ce bonheur,
Il me fit un tendre cœur;
Mais si le ciel te fit belle,
Ne lui sois donc pas rebelle,
Car en te donnant le jour,
Il voulut servir l'amour.

Partout ce dieu se révèle,
Il est en tout. Il se mêle
Malin, espiègle et joyeux,
A nos plaisirs, à nos jeux!
Dans tes beaux cheveux d'ébène,
Il folâtre, il se promène,
Peut-être ne sais-tu pas
Qu'il est toujours sur tes pas.

Il est, j'ose te le dire,
Dans tous ce que tu respire,

Dans le calice des fleurs,
Dans ta joie et dans tes pleurs.
Parfois indiscret, farouche,
Il se cache sur ta couche,
Puis indocile à dessein,
Il badine sur ton sein.

Tu vois donc bien, ma Sylvie,
Qu'à ce dieu tout doit la vie,
A ses flèches, à ses traits,
La beauté doit ses attraits.
Cesse donc d'être cruelle,
Aime-moi, ma toute belle,
Et dans les bras de l'amour,
Soyons heureux nuit et jour.

LA MESSAGÈRE DU PRINTEMPS.

AIR : *Vieillard, épargnez nos amours,*
OU : *Non, je n'aime plus le printemps.*

L'hirondelle a repassé l'onde,
Bravant les flots et le vautour.
Elle quitte le nouveau monde,
Amis, saluons son retour.
Elle revient quand la fougère
Rend sa mousse aux tendres amants,
Saluons donc la messagère
Qui nous annonce le printemps.

Elle revient, et la verdure
Pare nos prés, nos champs, nos bois,

Le doux réveil de la nature
Nous la ramène chaque fois,
De la fidèle passagère
Célébrons les retours constants,
Et saluons la messagère
Qui nous annonce le printemps.

Elle revient et nos bocages,
Témoins des serments les plus doux,
Vont protéger de leurs ombrages
Mille amants contre les jaloux.
Revêtez la gaze légère,
Beautés, parez-vous de rubans,
Et saluez la messagère
Qui nous annonce le printemps.

Qu'au plaisir chacun s'abandonne
Le bonheur est à qui le prend,
Chérissons le cœur qui se donne,
Méprisons celui qui se vend.
Puisque la vie est passagère
Sachons l'égayer par nos chants,
Et saluons la messagère
Qui nous annonce le printemps.

LE CHARDON ET LA PAQUERETTE.

DIALOGUE ENTRE DEUX PLANTES.

AIR : *Hirondelle gentille.*

LE CHARDON.

Petite paquerette,
Faible autant que coquette,
On m'a conté
(Et c'est dame cigale)
Que tu crois m'être égale
En majesté.

LA PAQUERETTE.

De moi l'on veut médire,
On te trompe, beau sire;
Peux-tu penser,
Sans avoir le vertige,
Que ma fluette tige
Veut t'éclipser ?

LE CHARDON.

Je suis presqu'un arbuste,
Et mon aspect robuste
Aux arrogants
Fait rompre une semelle;
Pour m'aborder, ma belle,
On prend des gants !

LA PAQUERETTE.

Oui, je sais que ta feuille,
Qu'aucune main ne cueille,
Ne peut fleurir,
Le doux sein d'une belle,
Que par la faux cruelle,
Tu dois mourir.

LE CHARDON.

Aux champs dont il dispose,
Si l'amour se repose,
Il te flétrit!
S'il lutte, la défense
De celle qu'il offense
Te défleurit.

LA PAQUERETTE.

Si quelque main frivole,
Si quelque troupe folle,
D'amants joyeux
Brûlant d'amour extrême,
Cherchent bonheur suprême,
Je sers leurs jeux.

LE CHARDON.

Oh! jamais sur la mousse
On ne vit, où je pousse,
Faire un faux pas!
J'ai l'écorce rustique,
Qui s'y frotte s'y pique,
On n'y vient pas.

LA PAQUERETTE.

Toi, tu ferais outrage
Au couple le plus sage
Comme au plus fou!
Et voilà pourquoi l'herbe,
Où tu pousses superbe
Reste debout.

LE RETOUR AU PAYS.

Air : *Bagnères, séjour de plaisir, etc.*

Rivière, rivière,
Pays où j'ai reçu le jour,
Prairies
Fleuries
Me voici de retour.
Ah! ah! ah! ah! ah!
Ah! ah! ah! ah! ah!
Tra la la, la la, la la, la la, la la la,
Tra la la, la la la lère,
Tra la la, la la, la la, la la, la la la,
Tra la la, la la, la la, la la,
La.

Je te revois vallée où ma jeunesse
En folâtrant préludait aux plaisirs;
Bosquets témoins de plus d'une caresse,
Vous rappelez mes plus doux souvenirs.
Ainsi qu'au temps de mon heureuse enfance,
Vous ravissez et mon cœur et mes yeux,

Ainsi qu'au temps de mon adolescence,
Est-on toujours gai, folâtre et joyeux?
Rivière, etc.

Je vous revois, bois où règnent les chênes,
Coteaux fleuris, pittoresques vallons,
Verts peupliers, saules, trembles et frênes,
Champs fortunés et fertiles sillons,
Humbles abris où s'endort l'indigence,
Monts où l'écho répercute sa voix,
Et vous, ruisseaux qui donnez l'abondance,
Je viens encor vous revoir une fois.
Rivière, etc.

A votre aspect il me semble renaître,
Vous m'arrachez des larmes de bonheur,
Je vais revoir tous mes amis peut-être,
Tous, qu'ai-je dit ? ô regrets, ô douleur !
Tous n'y sont plus, la froide catacombe
Sur un grand nombre étend son voile noir;
Laissons en paix ceux qui sont dans la tombe,
Je viens fêter ceux que je puis revoir.
Rivière, etc.

Et toi, palais où régna l'abondance,
Toi que j'ai vu si brillant et si beau,
Dont l'hôte fut longtemps la providence
Des villageois, des pauvres du hameau.
Par des chagrins son âme désolée,
Loin de tes murs s'enfuit avec effroi,
Non, tu n'es plus l'orgueil de la vallée,
Quand tout languit et souffre autour de toi.
Rivière, etc.

Terre adorée où je pleure, où j'espère,
Reçois, reçois mon hommage et mes vœux.
Terre où vécut tout ce que je révère,
Je te salue au nom de mes aïeux.
Contre ces vers si quelqu'un se récrie,
Applaudissez afin de le punir;
Si je te chante, ô ma chère patrie,
C'est que je suis fier de t'appartenir.
Rivière, etc.

LA FUITE.

Air : *Je donnerais pour toi, etc.* (Cavalier hadjoute.)

M'aurait-il sans amour, au prix de tout son sang,
Dérobée au harem où j'étais sans égale?
Pour ne plus revenir, il faut, je le pressens,
Qu'il soit aux pieds, aux pieds d'une rivale!
Ah! s'il peut me trahir, Mahomet, prends mes jours,
J'ai quitté pour Arthur, tout, jusqu'à ma croyance!
Abandonné luxe, grandeurs, trône, puissance,
Pour le suivre partout, pour le suivre toujours.

Mes cris sont sans échos, il n'entend plus ma voix.
Sans doute il est heureux, une autre est son partage!
Il rit de ma douleur quand je suis aux abois,
Je le chéris!... lui me quitte et m'outrage!
Ah! s'il peut me trahir, Mahomet, prends mes jours,
J'ai quitté pour Arthur tout, jusqu'à ma croyance,
Délaissé le sultan, perdu trésors, puissance!
Pour le suivre partout et l'adorer toujours.

Pour une autre que moi, l'infidèle en son cœur
Brûle d'un autre feu!... Je n'aime plus la vie!
Ce fer va me l'ôter! Mais que vois-je? ô bonheur!
Oui, c'est Arthur, et mon âme est ravie!.....
Il ne pouvait trahir d'aussi saintes amours.
J'ai quitté pour lui seul tout, jusqu'à ma croyance!
Perdu mon rang, luxe, grandeurs, trône, puissance,
Pour le suivre partout, pour le suivre toujours.

LES GOUTS CHAMPÊTRES.

AIR : *Tous les jours, pourquoi ma chère.*

OU : *Jean ne ment pas.*

Au printemps, quand le blé pousse,
Pour enrichir nos sillons,
J'aime à m'asseoir sur la mousse,
J'aime à voir les papillons.
J'aime à faire une couronne
Des fleurs que le ciel nous donne,
J'aime à mettre à mon corset,
La timide violette,
La modeste paquerette,
Dont j'aime à faire un bouquet (*bis*).

Ce n'est pas tout ce que j'aime,
J'aime aussi voir un ruisseau,
Et mon bonheur est extrême,
Quand je me mire dans l'eau.
Des trésors de la prairie,
Verte, odorante et fleurie,

J'aime encor à me parer!
J'aime entendre sur la rive
Le bruit de l'onde plaintive,
Lorsque je vais y rêver (*bis*).

Mais non, rien, non, rien n'égale
Mon indicible bonheur,
Quand le chant de la cigale
Arrive jusqu'à mon cœur.
Quand la voix de la fauvette,
Les hymnes de l'alouette,
Sublimes, harmonieux,
Dans l'espace soutenue,
Tombent du sein de la nue,
Alors je me crois aux cieux (*bis*).

LE DIT : CHANSON EN DEUX MOTS.

Air : *Grâce à la fève je suis roi.*
Ou : *Un chef de bannis courageux.*

Sexe enchanteur à qui l'on dit
Ce qu'il est si charmant de dire;
Vous le savez, tout n'est pas dit
Quand vous ne voulez rien nous dire.
Plus d'une fois l'on vous a dit,
Ce que je brûle de vous dire,
Pour savoir ce qu'on vous a dit,
Je voudrais vous l'entendre dire.

Belles, en vous voyant j'ai dit :
O quel bonheur j'aurais à dire

Ce que peut-être on vous a dit,
Ce qu'à coup sûr on dut vous dire;
Pour répéter ce qui fut dit,
Autant vaut, je crois, ne rien dire;
Mais quand le cœur brûle, l'on dit
Que la bouche peut bien le dire.

Au premier homme Ève un jour dit :
Si je ne craignais de mal dire,
Je parlerais. Adam lui dit :
Mieux vaut parler que ne rien dire.
Alors aussitôt elle dit :
Goûtons à ce fruit sans mot dire ;
Puis dans la main, à ce qu'on dit,
Lui mit deux pommes sans rien dire.

Adam les prit, puis il se dit :
Pas n'est besoin de l'aller dire.
Je voudrais bien qu'il me fût dit
Tout ce qu'Ève alors dut lui dire.
Ils firent cela, m'a-t-on dit,
Si souvent, que Dieu vint leur dire,
Ce qu'il n'avait pas encor dit,
Et que rien ne m'oblige à dire.

En commençant je me suis dit :
Je vais parler pour ne rien dire.
Pourtant il ne sera pas dit
Que je n'aurai rien osé dire.
Femmes, vous l'avez cent fois dit,
Vous aimez entendre redire
Ce qu'on vous a mille fois dit,
Surtout quand on sait bien le dire.

LISE ET SA MÈRE.

Air : *Au printemps quand le blé pousse.*

Mère, voulez-vous me dire,
Maintenant que j'ai quinze ans,
Si, sans qu'on puisse en médire,
Je puis avoir des amants?
La plaine est belle et fleurie,
Dites-moi, mère chérie,
Sans que l'on puisse en jaser,
Puis-je avec Lubin, sur l'herbe,
Lorsque le temps est superbe,
Aller dormir ou causer (*bis*)?

Dès que je suis éveillée,
Sans redouter les propos,
Puis-je aller sous la feuillée
Y goûter quelque repos?
Puis-je aller sous le grand hêtre,
Où vous reçûtes peut-être
Autrefois plus d'un baiser?
Lorsque le temps est superbe,
Puis-je avec Lubin, sur l'herbe,
Aller dormir ou causer (*bis*)?

Tu veux te marier, Lise,
En dépit des médisants;
Et tu veux que je te dise
Ce qu'il advient à quinze ans.

Lorsque le temps est superbe
Fille qui va fouler l'herbe ,
Seulement pour s'amuser !
Ainsi que moi pourra faire
Ce que ne sut pas ton père
Avant que de m'épouser (*bis*).

PARIS. — IMPRIMERIE DE H. VRAYET DE SURCY ET Ce,
57, rue de Sèvres, 57

www.ingramcontent.com/pod-product-compliance
Ingram Content Group UK Ltd.
Pitfield, Milton Keynes, MK11 3LW, UK
UKHW020405230726
13925UKWH00003B/1260